SOCIÉTÉ LIBRE

D'AGRICULTURE, SCIENCES, ARTS ET BELLES-LETTRES

DU DÉPARTEMENT DE L'EURE

INAUGURATION DU BUSTE

DE

JACQUES DAVIEL

A LA BARRE

LE 13 SEPTEMBRE 1891

ÉVREUX

IMPRIMERIE DE CHARLES HÉRISSEY

4, RUE DE LA BANQUE. 4

—

1892

INAUGURATION

DU

BUSTE DE JACQUES DAVIEL

A LA BARRE

LE 13 SEPTEMBRE 1891

BUSTE DE JACQUES DAVIEL

SOCIÉTÉ LIBRE

D'AGRICULTURE, SCIENCES, ARTS ET BELLES-LETTRES

DU DÉPARTEMENT DE L'EURE

INAUGURATION DU BUSTE

DE

JACQUES DAVIEL

A LA BARRE

LE 13 SEPTEMBRE 1891

ÉVREUX

IMPRIMERIE DE CHARLES HÉRISSEY

4, RUE DE LA BANQUE, 4

1892

INAUGURATION

DU

BUSTE DE JACQUES DAVIEL

A LA BARRE, LE 13 SEPTEMBRE 1891

Le dimanche 13 septembre 1891, la Société libre d'agriculture, sciences, arts et belles-lettres du département de l'Eure, s'est réunie à la Barre à l'occasion du Concours agricole départemental, pour inaugurer le buste de Jacques Daviel.

Grâce aux efforts déployés par un Comité organisé sous le patronage de la section de Bernay, et qui comptait parmi ses membres MM. le duc de Broglie, président, Lerenard-Lavallée, secrétaire de la section, Boullanger, maire de la Barre, le Dr Gatine, etc...., de nombreuses souscriptions avaient été recueillies et les habitants de la ville de la Barre avaient pu être dotés d'un buste reproduisant les traits de leur illustre compatriote.

Ce buste en bronze vert, dû au ciseau de M. Alphonse Guilloux, le sculpteur bien connu, est érigé sur la principale place publique.

Il est placé sur un socle de pierre blanche de M. Jules

1

Adeline. Sur une des faces du socle sont gravées dans un cartouche les armes de la famille avec l'inscription :

A JACQUES DAVIEL

INVENTEUR DE L'EXTRACTION DE LA CATARACTE,
NÉ A LA BARRE LE 11 AOUT 1693,
MORT A GENÉVE LE 30 SEPTEMBRE 1762.

Sur la face postérieure du socle sont également gravés ces mots :

CE MONUMENT A ÉTÉ ÉRIGÉ
LE 13 SEPTEMBRE 1891, PAR SES COMPATRIOTES,
AVEC LE CONCOURS DE LA SOCIÉTÉ LIBRE DE L'EURE (Section de Bernay),
DU CONSEIL GÉNÉRAL DU DÉPARTEMENT DE L'EURE
ET DU COMITÉ DE LA SOUSCRIPTION INTERNATIONALE.

A 3 heures, au milieu d'une foule compacte, a commencé la cérémonie ; sur l'estrade disposée en face du buste, ont pris place MM. le baron de Forval, conseiller général, Boullanger, maire de la Barre, le duc de Broglie, Louis Passy, député, président de la Société libre de l'Eure, Camille Fouquet, député, le Dr Pasquier, d'Evreux, Lerenard-Lavallée, secrétaire du comité, Léon Petit, secrétaire de la Société libre de l'Eure, Emile Hébert, Join-Lambert, Rousseau, Leménager, conseillers généraux, Mée, conseiller d'arrondissement, Bove, Hay, membres du conseil d'administration de la Société d'Evreux, Cauchepin, secrétaire de la Commission d'organisation ; Guilloux, l'auteur du buste de Daviel, le Dr Gatine, le Dr Agut, Boullanger fils, pharmacien, Mesnil, adjoint, Decaux, notaire, Bertrand, Jaillard, Hervieu, etc., membres du bureau et délégués de la Société d'Agriculture, les membres des Jurys du Concours, etc., etc.

La famille Daviel était représentée par M. Alfred Daviel, avoué à Rouen, Mme Alfred Daviel et M. Jacques Daviel, M. Bisson et son fils, M. et Mme Daviel, de Broglie , M. et Mme Lanne, Mme Daviel, de la Nezière, et ses fils.

A l'ouverture de la séance, M. Boullanger, maire de la Barre, s'est exprimé ainsi :

« Messieurs,

« Il y a cinq ans, la municipalité de la Barre a été informée par un journal de notre région. *le Nouvelliste de Rouen*, que l'illustre oculiste Jacques Daviel, né à la Barre en 1693, était décédé en Suisse et que les médecins de ce pays voisin et ami avaient élevé un monument à sa mémoire, en reconnaissance des immenses services qu'il avait rendus à la science et à l'humanité. Daviel avait, en effet, le premier, découvert la méthode d'extraction de la cataracte.

« La municipalité de la Barre, heureuse et fière que notre ville eût donné le jour à un homme d'un si haut mérite, se proposait de provoquer l'ouverture d'une souscription qui lui permît de suivre l'exemple des médecins suisses et d'élever, elle aussi, à la Barre. un monument à la mémoire de Jacques Daviel ; mais déjà la Société libre d'agriculture de l'Eure (section de Bernay), qui s'honore de perpétuer dans l'arrondissement de Bernay la mémoire de ses hommes éminents, s'occupait de notre illustre compatriote. Il y eut à Bernay une réunion dans laquelle la municipalité de la Barre était représentée ; là, le docteur Gauran (de Rouen) rappela les travaux du grand oculiste et il fut décidé, ce jour-là, qu'une souscription serait ouverte et qu'une statue serait élevée à Jacques Daviel à la Barre, lieu de sa naissance. Plus tard, Messieurs, la nécessité d'étendre la souscription, même jusqu'à l'étranger, et de lui donner un caractère presque international qui honore davantage encore notre compatriote, a fait changer le lieu où serait édifié le monument, et c'est à Bernay qu'une statue a été inaugurée, comme vous le savez, le 26 juillet dernier.

« La Barre, privée du monument principal, n'en a pas moins persisté à vouloir perpétuer ici même le souvenir de Jacques Daviel, avec le produit des souscriptions que la municipalité avait recueillies et avec l'aide du conseil général et de la Société libre d'agriculture. Le comité de la souscription internationale lui a, très obligeamment, prêté son concours, et il a décidé, d'accord avec les auteurs de la statue, MM. Guilloux et Adeline, qu'il serait fait pour la Barre le buste et le piédestal que vous avez devant les yeux et dont je me félicite de pouvoir fêter aujourd'hui l'inauguration.

« Je me fais, Messieurs, l'interprète de mes concitoyens en remerciant les artistes que je viens de nommer, de leur belle œuvre. Nous sommes heureux de pouvoir contempler, sur notre place de la Mairie, ce modeste mais glorieux monument qui nous rapellera ce que fut Daviel, l'enfant de la Barre. Puisse son exemple inspirer aux jeunes générations l'amour du travail et le dévouement à ceux qui souffrent, qui résument toute la vie de ce bienfaiteur de l'humanité !

Depuis longtemps, Messieurs, la Barre demandait un concours agricole pour le faire coïncider avec l'inauguration du buste de Jacques Daviel ; je remercie notre conseiller général, M. le baron de Forval, d'avoir obtenu pour la Barre, le concours départemental, et je remercie également les Sociétés d'agriculture d'être venues parmi nous récompenser et encourager nos braves agriculteurs, tant éprouvés cette année, mais toujours si courageux et si persévérants. Mes remerciements s'adressent en particulier à la Société libre d'agriculture (section de Bernay), pour sa générosité dans la souscription Daviel.

« Je me fais aussi un plaisir, en même temps qu'un devoir, de réunir, dans l'expression de notre vive et sincère gratitude, le conseil général de l'Eure qui nous a donné une somme importante pour notre buste, M. Daviel (de Rouen), pour son dévouement infatigable à notre œuvre, tous les souscripteurs qui nous ont aidés de leur généreux concours, et vous tous, Messieurs, qui avez bien voulu honorer de votre présence nos fêtes de la Barre. »

Au milieu des applaudissements qui ont salué cette allocution, le voile qui recouvrait le buste est tombé.

M. le duc de Broglie s'est ensuite levé et a prononcé le discours suivant :

« MESSIEURS,

« La science n'a pas de patrie. Ses bienfaits et ses découvertes appartiennent à l'humanité tout entière, et ceux qui ont bien mérité d'elle, en quelque lieu que leur destinée s'accomplisse ou se termine, ne sont étrangers nulle part.

« C'est ce qui explique, sans nous excuser complètement, comment la mémoire de Jacques Daviel, né à la Barre et mort à Genève, a reçu naguère sur cette terre lointaine, où ses restes sont déposés, des hommages qui ne lui avaient pas encore été rendus dans le pays où il a vu le jour.

« C'est donc sans surprise et sans jalousie, mais non sans regret, que la section de Bernay de la *Société libre de l'Eure*, attachée avec un soin constant à célébrer les souvenirs des hommes éminents que cette contrée a produits, a appris que, cette fois, elle s'était laissé devancer dans la tâche qu'elle met tant de prix à remplir. Elle a compris alors qu'un grand devoir lui restait à accomplir, c'était de convier la Normandie et même la France entière à réparer avec elle un injuste et ingrat oubli. Vous savez comment cet appel a été entendu. La réponse a été si prompte et si générale que la voix de la Société a pu paraître un instant couverte par l'écho qu'elle avait elle-même suscité.

« Loin de s'en plaindre, elle s'est rangée volontiers, dans une solennité éclatante, derrière les princes de l'art médical et les représentants des pouvoirs publics, heureuse de voir dans leur concours empressé la preuve du service qu'elle avait rendu, en faisant inscrire un nom que le temps allait effacer, sur la page glorieuse qui appartient à la France dans les annales de la science.

« Aujourd'hui, sur ce théâtre plus restreint et dans cette fête de famille plus modeste, la Section de Bernay reprend une place qui ne peut pas lui être disputée. Il ne peut plus être, en effet, question de décrire et de célébrer les mérites de Daviel et les résultats de son inappréciable invention. Cette tâche a été remplie avec une autorité et une compétence qui ne laissent plus rien à faire et qu'en tout cas la Société ne peut avoir la prétention d'égaler; mais nous sommes en face des magistrats de la cité même qui a donné naissance à

Daviel, des héritiers de son nom et de son sang, des enfants de la population au milieu de laquelle il a grandi. Ils viennent réclamer leur part de l'honneur qui lui est rendu et se parer d'un rayon de sa gloire.

« Amis et compatriotes, ils nous permettent de nous associer à leur sentiment et nous savent peut-être quelque gré d'avoir provoqué l'acte de justice qui leur cause une fierté légitime.

« Mais la famille de Daviel, si digne de porter son nom, qui veut bien m'écouter me laissera lui dire que son illustre aïeul a eu et qu'il a encore une autre famille vraiment innombrable, de toute nation et de toute langue, qui comprend tous ceux à qui, en rendant la lumière, il a donné une seconde fois la vie ; car n'est-ce pas une véritable résurrection qu'opère chez l'aveugle l'acte soudain qui ranime son regard éteint ?

« Résurrection de l'âme au moins autant que du corps, car c'est l'âme encore plus que le corps qui souffre de se voir enlevée, avec le spectacle des beautés de la nature et la vue des visages amis, la source de ses plus délicates et de ses plus nobles jouissances. Sans doute, il en est, de grands exemples l'attestent tous les jours, qui, par la force de leur volonté et les ressources d'un art ingénieux, semblent percer l'épaisseur des ténèbres qui les enveloppent. Il en est même qui ont pu dire, comme l'immortel aveugle qui a chanté le *Paradis perdu*, que plus le monde extérieur se dérobait à leur vue, plus une lumière intérieure et céleste éclairait pour eux les choses invisibles. Mais, pour le plus grand nombre, la cécité c'est la prison de l'âme. De combien de captifs Daviel a-t-il donc été le libérateur ?

« Le témoignage des contemporains qui l'ont connu

et les rares écrits qu'il nous a laissés font voir qu'il était plus sensible au bien que pouvait faire son heureuse découverte qu'à la renommée qui lui en revenait à lui-même, lui qui, au début de sa carrière, sur la seule nouvelle qu'un fléau d'une contagion redoutable sévissait au sud de la France, était accouru, sans y être appelé, pour apporter au saint et héroïque Belzunce l'aide de ses connaissances et de son dévoûment, lui qui était enflammé d'un si généreux amour pour ses semblables.

« Quelle joie n'a-t-il pas dû éprouver, le jour où il a pu se convaincre que, non content de soulager une des formes les plus fréquentes du plus grand des maux, il allait réussir à en extirper le principe et en annuler les effets ? Et cependant, quelle qu'ait pu être, ce jour-là, la satisfaction de l'homme de bien et de l'inventeur, je ne sais pourquoi j'imagine que peut-être il avait déjà trouvé, dans l'étude même qui le mettait sur la voie de son procédé nouveau, une jouissance, non pas plus grande, mais d'un ordre plus élevé.

« C'est une pensée qui m'est venue en considérant la belle statue qui s'élève aujourd'hui sur la place publique de Bernay. Vous aurez remarqué, comme moi, et non sans surprise, que l'opérateur nous était représenté le scalpel à la main, disséquant l'œil d'un cadavre, et vous vous serez peut-être demandé pourquoi on nous présentait cette image de mort, quand le mérite principal de Daviel était, au contraire, d'avoir rendu à un organe devenu inerte l'activité et les fonctions de la vie.

« A la réflexion, j'ai compris le dessein de l'artiste et je lui ai rendu justice. Il a voulu nous rappeler que, cette fois comme c'est le plus souvent l'histoire du génie, l'inspiration ne vient qu'à la suite de l'étude patiente et consciencieuse.

« Avant d'entreprendre de guérir et de réparer l'œil, Daviel avait, nous le savons, pendant des années et par des épreuves incessamment répétées, décomposé tous les ressorts de ce merveilleux mécanisme que l'art humain ne saurait imiter et qui conduit le rayon lumineux au fond de la rétine, avec toute la complexité de ses jeux et toute la variété de ses nuances. Quel labeur que cette analyse! Mais au bout du travail, aussi, quelle récompense!

« Je ne crois pas, en effet, qu'il puisse y avoir pour un savant digne de ce nom de plus grande jouissance que de voir ainsi se révéler, par des secrets inconnus avant lui, toute la perfection d'une œuvre divine. Satisfaction sans mélange, la plus haute et la plus pure que la science réserve à ceux qui savent comprendre ses leçons, quelle que soit l'étendue du champ où son investigation s'exerce. Car le même caractère éclate dans tout ce qui sort de la main de Dieu. Quand ce n'est pas la majesté grandiose qui nous étonne, c'est la structure de l'œil, l'exquise délicatesse du détail qui nous confond, c'est le même cachet de toute-puissance et l'effusion de la même bonté suprême.

« Qu'ils auraient donc été bien faits pour s'entendre et quel heureux hasard me permet de rapprocher leurs noms, ces deux savants dont nos cantons voisins peuvent se glorifier également : le grand physicien Fresnel, enfant de Broglie, et le grand ophtalmologiste Daviel, enfant de la Barre. L'un pénétrant la nature intime de la lumière, l'autre suivant sa route à travers les replis de l'organe qui l'amène jusqu'à nous pour guider nos pas et éclairer notre esprit.

« Ces deux études, différentes dans leur but et dans leurs applications, élèvent pourtant la pensée à la même hauteur. Car celui-là seul a pu faire l'œil qui avait d'abord fait la lumière ; et si, d'après le récit de la parole sacrée, la lumière a été la première à répondre à l'appel du Verbe divin, le Créateur lui-même n'a pourtant trouvé son œuvre achevée que quand, en face du soleil et des astres, s'élevait vers le ciel un regard vivant et intelligent, le regard humain, pour les apprécier et les admirer. »

M. Alfred Daviel adressé à l'assistance les paroles suivantes :

« MESSIEURS.

« Au nom de la famille Daviel, je suis heureux, en ce jour, de saluer la ville de la Barre qui fut son berceau et qui vit naître notre parent Jacques Daviel.

« Nous remercions vivement M. le Maire, le Comité de la Société libre de l'Eure (section de Bernay), d'avoir voulu que nous fussions présents à cette cérémonie.

« Si aujourd'hui, pour la deuxième fois dans l'arrondissement de Bernay, la mémoire de Jacques Daviel est l'objet d'un imposant hommage, sa famille n'oubliera pas, soyez-en persuadés, Messieurs, que ce résultat est dû à l'initiative et aux efforts de la Société libre de l'Eure (section de Bernay), aux sacrifices importants que se sont imposés la municipalité et les habitants de la Barre, au concours du comité présidé par M. le professeur Panas, à celui du Conseil général de l'Eure, au talent et au désintéressement de MM. Guilloux et Adeline.

« Qu'ils reçoivent ici, ainsi que les personnes qui, par leur parole et leur présence, ont rehaussé l'éclat de cette solennité, le témoignage de notre plus profonde reconnaissance ! »

Ce discours a été écouté avec un religieux silence et a produit le meilleur effet.

M. le docteur Pasquier a pris ensuite la parole en ces termes :

« MESSIEURS,

« Il y a deux siècles environ, votre pays produisait un homme dont la célébrité peut vous rendre fiers à juste titre. Jacques Daviel, médecin philanthrope, chirurgien novateur, dont le nom est aujourd'hui répandu dans tous les pays civilisés, naissait à la Barre.

« Vous rendez aujourd'hui à ce glorieux compatriote des honneurs que la reconnaissance publique accorde d'ordinaire à ceux-là seulement qui, par d'éclatants services, ont mérité de vivre dans le bronze et dans le marbre au delà de leurs contemporains, au delà de leur siècle, pendant de longues générations. La réunion d'un grand nombre de notabilités de votre région et la présence d'hommes considérables témoignent de l'intérêt qui s'attache à cette solennité. Le comité, plein de zèle, qui a dirigé l'œuvre, et votre municipalité si dévouée, voient enfin leurs efforts persévérants couronnés par le succès, et ils reçoivent ici l'hommage public de la reconnaissance de leurs concitoyens.

« Personnellement, j'aurais désiré qu'une voix plus autorisée que la mienne se fût élevée pour vous entretenir de l'illustre enfant de la Barre. Daviel eût certainement beaucoup gagné à être loué, comme l'exige l'adage latin : « *Laudari a viro laudato.* » Mais le comité, aux soins diligents et infatigables duquel vous devez d'avoir réussi dans la tâche pieuse d'édifier ce buste à Daviel, a voulu (et c'est là, sans doute, une pensée généreuse) qu'après les discours prononcés à Bernay par l'honorable doyen de la faculté de médecine de Paris et par des professeurs en renom, ici, sur la terre natale, dans cette réunion plus intime, dans cette fête de famille, un simple médecin-praticien exerçant dans la région, fût appelé à rendre hommage à son tour à la mémoire de cet éminent confrère. Car Daviel était, plutôt qu'un professeur et un savant, un médecin-praticien ; et sa vie nous montre combien ce titre modeste peut quelquefois abriter de dévouement, d'abnégation et aussi de véritable science.

« Sans doute il enseigna ; mais c'étaient des cours particuliers qu'il avait ouverts, et il se laissa tellement absorber par la pratique de son art qu'il n'a jamais trouvé le temps d'écrire. Il a laissé seulement quelques opuscules sous forme de lettres.

« Vous connaissez tous la biographie de Daviel. Quelques mots suffiront à vous en rappeler les traits principaux.

« Né à la Barre en 1693, il commença à Rouen ses études médicales, qu'il termina à Paris. En 1719, on demanda de jeunes chirurgiens et médecins pour aller combattre la peste à Marseille. Daviel fut l'un des premiers à se présenter, et remplit sa mission avec un dévouement digne d'éloges. Je ne m'arrêterai pas, que qu'en soit mon désir, sur cette page glorieuse de la vie de Daviel. Je n'essaierai pas de vous retracer les horreurs et les épouvantes causées par le redoutable fléau, ni d'exalter les hommes, rares dans ces périlleuses circonstances, chez lesquels, la crainte n'avait pas paralysé le courage. Le temps presse, et je serais entraîné hors des limites que je me suis tracées.

« En récompense des services de Daviel, les magistrats de Marseille l'agrégèrent au corps des maîtres chirurgiens de cette ville, et le roi lui envoya une décoration particulière à l'effigie de Saint-Roch et avec cette légende : *Pro fugata peste*. Daviel s'établit à Marseille et devint chirurgien-major d'une galère, place qui lui valut, outre le traitement qui y était attaché, la faveur de pouvoir disposer des cadavres des sujets morts dans les hôpitaux de cette ville. Il en profita pour se livrer à des recherches anatomo-pathologiques et s'exercer aux opérations. Il ouvrit en même temps des cours particuliers d'anatomie et de chirurgie qu'il continua pendant vingt ans.

« Dès 1728, il s'occupa particulièrement des maladies des yeux et y acquit une habileté peu commune. Sa réputation se répandit à l'étranger, et il fit de nombreux séjours en Italie, en Espagne et en Allemagne. Vers 1746, il se fixa à Paris pendant un certain nombre d'années, et obtint l'autorisation d'opérer aux Invalides. C'est en 1747 qu'il fit sa première opération de la cataracte par extraction, opération qui est un de ses principaux titres de gloire aux yeux de la postérité, et qui le rendit immédiatement célèbre. Il mourut en 1762 à Genève, où il était allé réclamer infructueusement.

hélas !) les soins de Tronchin pour la maladie à laquelle il succomba.

« Je n'ai pas besoin de vous rappeler (ce souvenir est encore dans vos mémoires et dans vos cœurs) l'hommage rendu au médecin français par cette ville de Genève, cité généreuse et amie, qui lui a élevé un mausolée dans le cimetière du Grand-Sacconex, où reposaient, un peu ignorées, les cendres de Daviel. Après sa mort, en effet, sa renommée avait pâli et s'était en quelque sorte éclipsée. N'en soyez pas surpris ; ne prononcez pas trop tôt le mot d'ingratitude ! Daviel avait, en effet, trouvé une méthode excellente, disons parfaite, de rendre la vue à un nombre considérable d'aveugles, ceux qui étaient atteints de cataracte. Mais avant lui, longtemps avant lui, on avait opéré des cataractes et avec de très estimables résultats. L'opération de l'abaissement du cristallin cataracté, qui donnait ces résultats, est décrite dans les auteurs latins, dans Celse en particulier. Quel en est l'inventeur ? Nous ne le savons pas, du moins d'une manière précise, et nous ne le saurons sans doute jamais. Devant l'image de Daviel, il convient d'évoquer l'ombre de ce précurseur que les voiles antiques du passé dérobent presque entièrement à notre curiosité. Saluons avec respect, avec reconnaissance, ce bienfaiteur inconnu, qui a eu l'immense mérite d'arriver le premier au but et de préparer la voie que devait ensuite agrandir son successeur.

Pergit iter, sequiturque viam qua semita monstrat.

« Eh bien ! Messieurs, cette opération antique, l'abaissement du cristallin cataracté, sans doute moins sûre dans ses résultats, mais plus simple, plus facile,

plus à la portée des talents modestes, se maintenait en face de la méthode nouvelle inaugurée par notre compatriote. Elle a pu se maintenir presque jusqu'à l'époque actuelle. En outre, la méthode d'extraction du cristallin cataracté eut à subir elle-même de nombreuses modifications, des perfectionnements (croyait-on) qui, en reportant l'attention sur leurs auteurs, la détournaient, naturellement, du nom de Daviel. Enfin, après qu'on eut tant et si bien perfectionné, il se trouva que le procédé de Daviel était encore le meilleur, et c'est à lui que nous sommes tous revenus aujourd'hui. Ce procédé, qui a subi l'épreuve du temps, est simple, élégant, sûr, et donne chaque jour de magnifiques résultats.

« Parvenir du premier coup à la perfection ! C'est un bonheur peu commun, assurément. Daviel en eut un autre, au moins aussi rare, parmi les inventeurs. Personne ne l'avait précédé ; jamais, avant lui, on n'avait eu l'idée d'extraire le cristallin cataracté, et, chose presque inouïe, la priorité de son invention ne fut pas sérieusement contestée. D'ordinaire, en effet, lorsqu'une découverte se produit, l'idée a commencé lentement par germer, puis elle s'est développée, enfin elle est arrivée à sa pleine maturité. Quelquefois, l'inventeur n'est autre que l'homme favorisé du sort, survenu au moment opportun pour la cueillir. Souvent plusieurs s'en emparent à la fois. Il peut même arriver qu'ils se la dérobent, chacun en disputant à l'autre la propriété. De là des luttes ardentes, des compétitions parfois pleines d'acrimonie. Daviel ne connut pas ces difficultés. Le premier, sans conteste, il avait osé plonger l'instrument tranchant dans l'œil pour l'ouvrir largement, et pénétrer dans les profondeurs de cet organe si particulièrement sensible et délicat. Il était de la race des intrépides : ses débuts, lors de la peste de Marseille, l'avaient bien montré ; mais ce n'était pas un aventureux. Son opération avait été longuement et profondément mûrie, elle était le fruit de patientes recherches, de nombreuses méditations, et non d'une heureuse témérité.

« Comme opérateur, il était d'une extrême habileté manuelle. On rapporte qu'en novembre 1752, il pratiqua 206 opérations, dont 182 parfaitement réussies. C'est là un résultat bien digne de forcer l'attention. On a le droit d'être étonné de ce nombre prodigieux de succès si l'on pense que les instruments étaient moins finement exécutés alors que ceux dont nous nous servons actuellement, et que l'on ne possédait pas à cette époque certaines ressources, accessoires sans doute, mais néanmoins fort avantageuses, dont nous disposons aujourd'hui. Que de services elle a rendus et elle continue de rendre tous les jours, la magnifique découverte de Daviel ! Votre compatriote a donc le droit d'être considéré comme un grand bienfaiteur de l'humanité, et il a certainement mérité les honneurs que vous lui décernez aujourd'hui.

« Déjà, comme je vous le disais tout à l'heure, un monument lui a été élevé à l'étranger, en Suisse, et plusieurs grandes cités de France se sont récemment disputé l'honneur de posséder sa statue. Si vous avez été devancés, n'en soyez pas jaloux. Votre gloire n'en souffre pas. Des hommes comme Daviel (on l'a dit avant moi) n'appartiennent pas seulement à leur pays natal, ni même à leur patrie, mais à l'humanité tout entière !

« Dans les principales universités de tous les pays.

dans les grandes cliniques ophtalmologiques ou dans les hôpitaux spéciaux, vous verrez, dans quelques années, des reproductions de ce buste élevé par vous à Daviel sur sa terre natale. On lira sur le socle : *Daviel né à la Barre*.

« Et ainsi, les honneurs dont vous comblez aujourd'hui sa mémoire rejailliront sur vous. Il vous récompensera à son tour, en vous associant à sa gloire, car les deux noms gravés ici, celui de Daviel et celui de la Barre, seront désormais inséparables. »

Puis le docteur Agut a prononcé le discours suivant :

« Messieurs,

« Vous êtes venus très nombreux assister à l'inauguration du buste de Jacques Daviel; vous avez voulu honorer la mémoire d'un homme dont le travail et le génie ont acquis à l'humanité l'une des plus utiles découvertes.

« Il n'y a pas bien des années, les monuments étaient réservés aux rois grands ou petits, aux conquérants, aux capitaines et aux marins célèbres. Messieurs, c'est une gloire plus pure que celle que donne les couronnes ou les batailles, si elle est moins brillante, la gloire de ceux qui augmentent le bien et le bonheur de leurs semblables, la gloire qui s'acquiert dans les lettres, les arts et les sciences. Voilà la vraie gloire sans aucune tache. Voilà les bons exemples qu'il faut offrir aux hommes. Voilà ceux dont les statues doivent s'élever comme des modèles sur nos places publiques.

2

« Daviel est un des hommes dont le génie a été le plus utile à l'humanité. Vous connaissez la cataracte, Messieurs. Mais vous ignoriez, quelques-uns sans doute, qui avait trouvé le moyen de la guérir. Elle est très commune dans ce pays. Il ne m'est pas rare de la montrer à des malades qui en sont atteints et ne savent pas la cause de leur cécité.

« D'ailleurs, regardez autour de vous : vous trouverez facilement parmi vos parents, vos amis, vos voisins une ou plusieurs personnes qui doivent bénéficier de la découverte de Daviel.

« La cataracte vient d'habitude à l'âge où commence la vieillesse, où le travail devient pénible et où le repos serait un bien et une nécessité. Doucement, sans douleur, les brouillards apparaissent et obscurcissent peu à peu la vue et sont comme les brouillards précurseurs de l'hiver, l'horizon s'abaisse et la nuit vient. La vue se perd d'abord d'un œil et souvent ensuite de l'autre après plusieurs mois ou plusieurs années.

« A la place du point noir et brillant qui occupe le milieu de notre œil, il se dépose une tache laiteuse, il se forme comme un voile blanc, qui intercepte la lumière. Les jours et les saisons se succèdent dans une triste uniformité, sans soleil, sans fleurs, sans verdure. Adieu, champs, vallons et collines, adieu, la vue des parents et des amis et des petits-enfants surtout qu'on ne va jamais connaître. Mais non, il ne faut pas ici déposer à la porte toute espérance. Daviel vous l'a rendue. Bénissez le jour de sa naissance. Saluez avec reconnaissance son buste et sa patrie.

« Avant Daviel, on repoussait la tache, on écartait le voile dans le fond de l'œil; il arrivait trop souvent des accidents et la guérison n'était pas, comme aujourd'hui, la règle, presque sans exception. Daviel nous a appris à rejeter hors de l'œil le voile ou la tache à travers une incision qui ne laisse guère de traces : c'est l'extraction de la cataracte. Un instant auparavant, le malheureux, incapable de rien distinguer, incapable de se conduire, traînait une existence misérable dans de continuelles ténèbres. L'opération de Daviel est faite. Il jette aussitôt un regard ébloui et reconnaissant vers son opérateur d'abord, vers ses parents et ses amis ensuite, et vers la nature entière dont le pinceau n'a jamais pu égaler la beauté. Il voit ! Son émotion, l'émotion de tous est grande. L'opérateur lui-même est ravi de la beauté de son opération, de cette opération dont la découverte est due à Jacques Daviel.

« Depuis un siècle et demi, l'étonnement qu'a produit cette merveilleuse découverte s'est un peu calmé. L'enthousiasme qu'elle avait provoqué chez Diderot lui-même et qu'il nous a transmis dans une page immortelle a diminué, tant l'opération a été faite et connue dans le monde entier. Les instruments sont plus parfaits que ceux de Daviel. L'extraction se fait maintenant sans douleur, quoique sans sommeil provoqué, grâce à la cocaïne. Les opérateurs ont varié la forme de leur incision. Berlin a élevé une statue à de Graefe qui a trouvé après Daviel ou qui croyait avoir trouvé une opération à peu près pareille, plus compliquée, qu'il pensait être meilleure. Mais M. le professeur Panas l'a dit à Bernay : Il n'y a qu'une bonne opération, l'opération dite Française. Les oculistes du monde entier l'adoptent de plus en plus.

« Aussi, Messieurs, la Barre est fière d'avoir donné

le jour à l'inventeur de l'extraction de la cataracte, il y aura deux siècles dans deux ans. Les louanges qu'on lui prodigue font vibrer le cœur de ses compatriotes. Je suis persuadé que Daviel au comble des honneurs, fêté des grands et des rois, adulé des pauvres gens qu'il recevait aussi bien que les personnages de la cour et célébré par Diderot, était heureux de faire rejaillir une partie de sa gloire sur sa mère, sur sa famille et sa patrie. Tout le monde connaît ces sentiments du fils et de la mère et de l'homme et de son pays ; on les a pourtant méconnus, Messieurs. On a oublié que toute mère est grande de la grandeur de ses enfants. On a jeté la pierre du dédain sur la patrie de Luc de la Barre et de Jacques Daviel.

« N'oublions jamais, dans aucune de nos fêtes, la grande patrie dont la gloire a reçu de Daviel un nouveau fleuron à sa couronne, la belle France, qu'il a protégée contre l'invasion de la peste noire. Le canon de nos armées retentit encore à mes oreilles, après avoir grondé ces jours derniers dans les plaines de l'Est, dans ces plaines où Napoléon a laissé un si beau souvenir qui inspirera toujours tant de confiance à nos soldats. J'entends l'écho des acclamations du peuple russe, saluant notre escadre et portant en triomphe nos marins. Ces bruits flattent nos oreilles et nous rassurent. Ils disent que la France est forte à ceux qui voudraient attenter à sa vie ou à son honneur. Aussi les nuages se dissipent. Malgré ces heureux présages, ne salueriez-vous pas avec plus de plaisir encore le nouveau Daviel qui voudrait ouvrir les yeux des nations, leur extraire cette maudite cataracte qui les aveugle toujours, leur montre partout des frontières ou des obstacles à

leur marche vers le progrès, et les oblige à s'appuyer
sur le formidable mais gênant appareil des armées.
Aidons, de tout notre faible pouvoir, à faire luire le
jour où pour tout homme le monde sera sa patrie aussi
bien que le lieu de sa naissance et le pays dont il suit les
lois. L'humanité est notre famille. Il ne devrait y avoir
entre les hommes qu'une rivalité, je veux dire une émulation, celle de perfectionner le plus possible le travail,
l'agriculture, les lettres, les sciences, les arts, les lois et
le gouvernement de tous et de chacun, celle de dévelop-
per au plus haut degré le commerce, l'industrie, la
richesse et le bonheur des peuples. Il ne devrait y avoir
qu'une distinction, celle de l'intelligence ou du dévoûment, celle du cœur ou de l'esprit. Il n'y aurait plus
qu'une gloire, celle du génie utile à ses semblables.

« Daviel possède cette gloire. Sa renommée est uni-
verselle. Les aveugles du monde entier bénissent son
nom. L'étranger lui a consacré un monument à l'endroit
où reposent ses cendres. Voilà la vraie gloire, qui,
comme le soleil, brille pour tout le monde.

« Mais s'il appartient à tous, et à la France plus particulièrement, Jacques Daviel est surtout une gloire de
la Barre, de cette petite ville qui lui a élevé ce modeste
monument. Mieux que tout autre, en rappelant sa naissance, il perpétuera son souvenir. »

M. le docteur Agut a ensuite donné lecture du discours suivant, que le docteur Chavernac aurait désiré
pouvoir venir prononcer :

« MESSIEURS,

« Le gracieux et bienveillant accueil que j'ai reçu

dans la patrie de Daviel me fait un devoir de m'associer de loin comme de près à toutes les manifestations qui peuvent faire revivre sa mémoire et son grand caractère. C'est le but que je poursuis depuis dix ans.

« L'esprit public est en progrès ; il distribue ses faveurs à toutes les gloires, et la médecine, cette science protectrice, sociale par excellence, mérite d'être honorée à l'égal de toutes les autres.

« A Bernay, en face de la statue, je vous ai montré l'enfant de la Barre puisant dans sa philanthropie juvénile une ardeur surnaturelle pour aller d'une ville à l'autre prodiguer ses soins et ses consolations aux Provençaux consternés par une contagion dévorante. Je viens vous parler aujourd'hui de l'oculiste, non pas dans l'acception vulgaire du mot, mais, comme vous le disait l'éminent doyen de la Faculté de Paris, dans le sens véritablement scientifique, car Daviel a fait rentrer dans le cadre de la pathologie l'étude de toutes les maladies des yeux abandonnées à son époque aux mains ignorantes des empiriques et des charlatans.

« Votre célèbre compatriote montra dans sa pratique ce que la connaissance approfondie de l'anatomie, jointe à une grande dextérité manuelle et à un sang-froid imperturbable, donne d'avantage et de supériorité à un chirurgien. Personne, en effet, ne porta plus loin que lui la précision dans le manuel opératoire et plusieurs faits attestent qu'il était doué de ce génie chirurgical qui sait s'affranchir des règles ordinaires de la pratique et créer au besoin des procédés nouveaux.

« La rapidité de son coup d'œil, la pénétration de son intelligence et les succès de ses opérations lui avaient valu une notoriété et une brillante renommée dont les

échos se répercutaient à l'étranger. Mais ce ne fut pas
sans susciter des envieux dont il eut à subir les attaques.
On ne lui contesta guère la priorité de son invention,
car cela était impossible, mais on chercha à en rabaisser
le mérite.

« La jalousie et le dénigrement s'acharnent toujours
sur tout ce qui s'élève au-dessus de la foule et donnent
bien raison à ce fabliau.

> Un ver luisant brillait des feux du diamant ;
> Un crapaud lui lança son venin malfaisant.
> Quel tort, lui dit le ver, ai-je donc pu te faire
> Pour me traiter ainsi ? — Tu répands la lumière.

« Daviel voyait en grand et de haut. Ses successeurs,
il est vrai, ont pénétré plus avant dans les particu-
larités, mais la base de son opération est restée inexpu-
gnable.

« Si l'on tient compte de la malveillance instinctive
dont les gens qui n'inventent rien sont animés à l'égard
de ceux qui découvrent quelque chose, on ne sera pas
surpris que la méthode nouvelle n'ait pas été appréciée
comme elle le méritait, du vivant de son auteur.

« Daviel réfuta victorieusement tous les arguments
scientifiques que lui opposèrent Freytag-Taylor et surtout le grand physiologiste Haller. Il leur prouva qu'il
avait créé de toutes pièces l'extraction à lambeau. Il
en avait posé les règles avec précision, établi avec sûreté
les divers temps, la déclarant d'ailleurs susceptible
d'être mise en pratique dans tous les cas. Et sans se
livrer à un enthousiasme irréfléchi, il avait, au contraire, avec une modestie digne des temps antiques,

signalé les défauts de sa méthode et les accidents qui peuvent survenir pendant son exécution. Il la crut perfectible, desideratum qu'il exposa sur la fin de sa vie à Guérin de Lyon. La mort l'empêcha d'apporter à sa découverte les perfectionnements dont l'urgente nécessité lui était démontrée par les résultats de sa longue expérience.

« L'opération de Daviel entra bientôt dans la pratique journalière des chirurgiens, et dès lors, les contradicteurs que votre compatriote s'était attirés par son mérite, diminuèrent à mesure que grandit ce mérite. Sa découverte ne fut plus contestée et l'on s'étonna même d'avoir méconnu des choses si évidentes : « *tam aperta nesci visse* ». Chacun vantait le calme, la hardiesse de Daviel dans les opérations, la simplicité de son procédé et la prodigieuse facilité avec laquelle il inventait au besoin de nouveaux instruments pour abréger les souffrances des patients. Et comme l'a si bien dit son ami, son panégyriste Morand : « Depuis Burrhus, cet oculiste du « Nord, qui prétendait avoir l'art de restaurer l'humeur « vitrée, et M. Voolhouse qui avait établi 44 opé- « rations et 82 instruments pour les maladies des « yeux, je n'en sache point de plus entreprenant que « Daviel. Une main habile et ferme lui avait donné « la confiance de disposer de l'œil humain (je demande « grâce pour la comparaison) comme une jeune personne « adroite dispose d'une découpure. »

« La pratique du célèbre oculiste fut remarquable par l'énergie des moyens qu'il employait et dont un raisonnement sévère dirigeait l'application. Il est impossible de lui refuser ce génie original qui dédaigne la routine et ouvre à l'art des voies nouvelles.

... cadentque
Quæ nunc sunt in honore...

« Il y a plus — nous pouvons ajouter aujourd'hui
un nouveau fleuron à la couronne de Daviel. C'est le
savant docteur Nordensen qui nous l'envoie en droite
ligne de Stockholm. L'oculiste normand a pratiqué
plusieurs fois l'extraction de la caratacte avec iridectomie, cette fameuse et malencontreuse iridectomie,
qui a fait la gloire de de Græfe, de Berlin, et qui, de nos
jours, est mise à l'index dans presque tous les pays ;
mais, à l'inverse de l'oculiste prussien, il a eu la sagesse
de ne pas l'ériger en méthode générale et de la réserver
aux seuls cas qui en réclament l'application ; son travail adressé à l'académie de médecine de Suède en est
la preuve irréfutable. Et dussé-je m'attirer les impré-
cations de tous les oculistes de l'empire germain , la
statue de de Græfe dût-elle s'écrouler sur la place publique de Berlin, je tiens à le proclamer hautement, avec
l'accent d'un homme qui aime sa patrie et admire ses
grands hommes : Daviel a pratiqué cent ans avant de
Græfe l'extraction du cristallin avec iridectomie.

« L'exemple de Daviel offert à l'émulation de la
jeunesse peut encore servir à former d'âge en âge des
hommes dignes de le remplacer. L'enseignement, qui
découle de sa brillante carrière, s'adresse à la fois à
l'esprit et au cœur, et comme le disait un de mes anciens
maîtres : « Dans la science comme dans la vie morale,
« nous avons besoin de souvenirs ; ils comblent les vides
« du présent, ils éternisent notre identité. »

« Félicitons donc cette belle et riante Normandie
d'avoir donné le jour à un homme aussi digne de notre
admiration et de ses regrets. »

M. Join-Lambert, conseiller général, a terminé la séance par la communication suivante :

« MESSIEURS,

« Après ces discours, il reste un simple mot à dire. En ce canton et en cet instant, ce n'est pas vers Daviel seulement que la pensée se reporte. Qui donc voudra croire que le sol du pays d'Ouche n'est pas des plus féconds? Il l'a été en hommes éminents et utiles. Dans cet ordre d'idées le canton de Beaumesnil accapare.

« Cette journée est en partie consacrée à la mémoire de Daviel. Il y a trois ans, la Section de Bernay, à Ajou, rendait témoignage à celle de Bréant, le célèbre chimiste, connu du monde savant plus que dans son pays d'origine. Pourtant, une de ses découvertes, la pénétration des bois pour leur conservation, fait la fortune de nos cantons où les arbres résineux abondent et, par le pressentiment des secrets utiles à arracher à l'évolution des infiniment petits, il devançait l'illustre Pasteur. Cette prophétie fait sourire ; il est rare cependant de prédire aussi juste et surtout de pousser la foi jusqu'à laisser cent mille francs pour hâter la guérison d'une maladie terrible. Sur la mairie de sa commune natale, nous avons inscrit, avec son nom, ses titres à la gratitude publique et les distinctions qu'ils lui ont values.

« Notre Société continuait ainsi de remplir le devoir agréable de rappeler aux habitants actuels et futurs de notre contrée ceux de nos concitoyens qui l'ont servie et honorée, et qui doivent être pris pour modèles. Après Auguste Le Prévost, de Bernay, étaient venus

Fresnel, de Broglie, puis Dumoulin, de Menneval.
Avec Bréant nous sommes entrés dans le canton de
Beaumesnil, et depuis, presque sans interruption, deux
autres de ses enfants, Liberge de Granchain, enfin
Daviel, nous y ont ramenés et nous y retiennent.

« En effet, il y a un an, un autre hommage était
rendu à Liberge de Granchain.

Sa vie, les services rendus par lui à la France, chez
elle et au dehors, remplissent un volume. Au fronton
du château de Granchain une inscription commémora-
tive rappelle son nom. En l'inaugurant au nom de notre
Société de Bernay, M. Boivin-Champeaux a fait ressor-
tir que Liberge de Granchain, commandant notre sta-
tion de Terre-Neuve, eut à soutenir avec vigueur et
défendit avec succès les droits que la France tient du
traité d'Utrecht, et qu'aujourd'hui encore on bat en
brèche sans d'ailleurs les contester. Le fait que la question est restée ouverte et presque menaçante procurait
un regain d'intérêt à cet épisode d'une brillante carrière
de marin. Liberge de Granchain a eu plusieurs fois
cette bonne fortune d'attacher son nom à des problèmes
complexes et graves, puisqu'un siècle après lui, on tra-
vaille toujours à les résoudre. Il y a quelques semaines,
le Sénat a discuté un projet grandiose d'amélioration
du port du Havre. Les avis sont partagés non seulement
sur les 80 millions à jeter dans la mer et à livrer à l'as-
saut des tempêtes, mais aussi sur les résultats à en
craindre ou à en espérer. Faute d'accord, le projet péri-
clite, les intérêts d'un commerce auquel nul point du
monde n'est plus inaccessible et ceux d'une marine
marchande, dont les vaisseaux s'accroissent sans cesse en
nombre et en énormité, risquent de souffrir et d'attendre.

« Il y a cent neuf ans, en 1782, le duc de Castries, ministre de la marine, chargeait Liberge de Granchain de donner son avis de marin expérimenté sur un projet d'amélioration plus modeste, mais important pour l'époque, dont le besoin se faisait sentir et que les ingénieurs avaient étudié. Il combattit Dubois et appuya de Gaule. Les ingénieurs soutenaient leurs idées avec autorité, parfois avec raideur ; leurs héritiers n'entendent assurément retenir que le premier de ces traits de famille. M. de Granchain défendait les siennes avec vivacité, ce qui n'était pas étonnant de la part d'un homme de guerre. J'ai dû à son petit-fils, M. le baron de Forval, mon très honoré collègue, la communication de feuilles où sont prodigués des trésors de science, d'esprit ferme et judicieux, mais où la plume est taillée en pointe comme sa vaillante épée.

« Lorsque M. de Granchain prit en 1790 la direction des ports et arsenaux, et, de mai à décembre 1791, de fait sinon en titre, celle du ministère de la marine, il put stimuler les travaux qui, à la suite d'une sorte de décision arbitrale entre les projets divers rendue par l'illustre Borda, se poursuivaient au Havre malgré la tourmente. Avant d'y retrouver Borda pour des avis à émettre, M. de Granchain avait longtemps navigué avec lui sur la *Flore*, de même qu'il avait été en Amérique le compagnon d'armes, puis de voyage et d'ovations, de Lafayette.

« Les destinées de notre grand port normand sont de nouveau à l'ordre du jour. Nous sommes à la porte de la demeure qu'éleva Liberge de Granchain et où il passa ses dernières années. N'est-ce pas l'heure et le lieu d'évoquer ces souvenirs et de faire ces rapprochements ?

On peut le redire, au pays d'Ouche, si le sol est ingrat, les habitants s'ingénient et s'appliquent d'autant plus à en tirer bon parti ; grâce à leurs vaillants efforts, il porte de belles moissons et, de lui-même, il a produit des hommes de grand mérite. »

Il est ensuite donné lecture d'une pièce de vers dont l'auteur est M. Turpin.

Pendant la cérémonie, la fanfare de la Neuve-Lyre a fait entendre plusieurs morceaux.

A 4 heures, la séance a été levée et il a été procédé ensuite à la distribution des prix du concours agricole départemental.

Le beau temps n'a cessé de favoriser cette journée, consacrée à honorer et à perpétuer le souvenir d'un grand bienfaiteur de l'humanité.

L'estampe jointe à cette notice et représentant Daviel conduit au Temple de l'Immortalité, reproduit une gravure de Devosge inspirée par la reconnaissance. Daviel avait, en effet, opéré de la cataracte ce peintre qui compta parmi ses élèves Prudhon et Fr. Rude. La planche ayant servi à tirer cette reproduction a été gracieusement prêtée par M. Firmin-Didot.

ÉVREUX, IMPRIMERIE DE CHARLES HÉRISSEY

141